I0821972

El mundo del
gorila
Katie
Gillespie
EYEDISCOVER

Ve a **www.eyediscover.com** e ingresa el código único de este libro.

CÓDIGO DEL LIBRO

AVQ37234

EYEDISCOVER te trae libros mejorados por multimedia que apoyan el aprendizaje activo.

Published by AV2
276 5th Avenue, Suite 704 #917
New York, NY 10001
Website: www.eyediscover.com

Library of Congress Control Number: 2020952009

ISBN 978-1-7911-3541-6 (hardcover)

Printed in Guangzhou, China
1 2 3 4 5 6 7 8 9 0 25 24 23 22 21

012021
102520

English Editor: Katie Gillespie
Spanish Editor: Ana María Vidal
Designer: Mandy Christiansen
Spanish/English Translator: Translation Services USA

The publisher acknowledges Getty Images, iStock, and Alamy as the primary image suppliers for this title.

EYEDISCOVER proporciona contenido enriquecido, optimizado para el uso en tabletas, que complementa este libro. Los libros de EYEDISCOVER se esfuerzan por crear un aprendizaje inspirado e involucrar a las mentes jóvenes en una experiencia de aprendizaje total.

Mira
El contenido de video da vida a cada página.

Navega
Las miniaturas simplifican la navegación.

Lee
Sigue el texto en la pantalla.

Escucha
Escucha cada página leída en voz alta.

Tu EYEDISCOVER con Seguimiento de Lectura Óptico cobra vida con...

Audio
Escucha todo el libro leído en voz alta.

Video
Los videos de alta resolución convierten cada hoja en un seguimiento de lectura óptico.

OPTIMIZADO PARA
- ☑ TABLETAS
- ☑ PIZARRAS ELECTRÓNICAS
- ☑ COMPUTADORES
- ☑ ¡Y MUCHO MÁS!

El mundo del gorila

En este libro aprenderás

- cómo soy
- dónde vivo
- qué como

¡y mucho más!

Soy un gorila.

Soy un animal grande de pelo negro y brazos largos. Soy el simio más grande.

Vivo en las selvas de África.

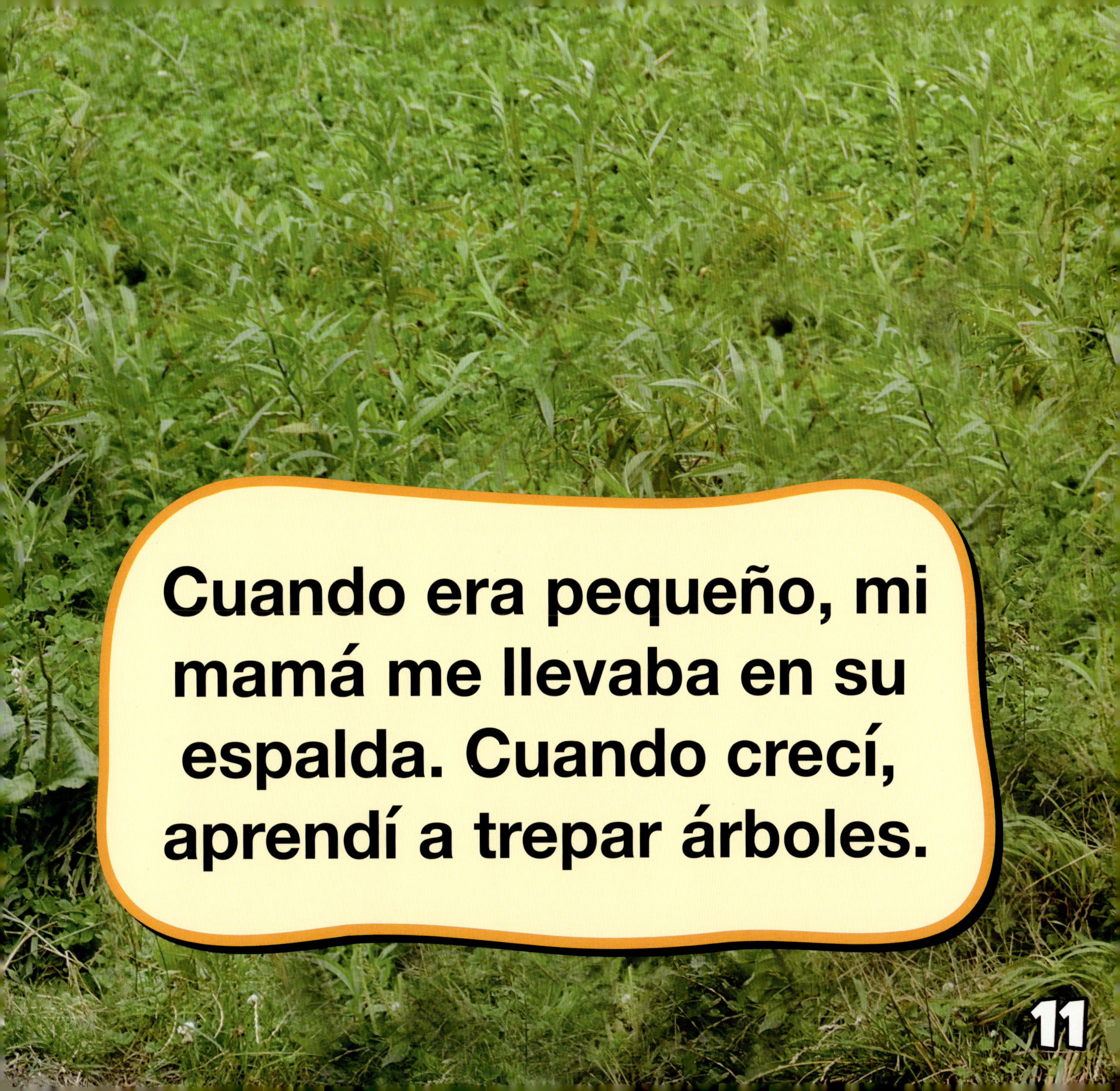

Cuando era pequeño, mi mamá me llevaba en su espalda. Cuando crecí, aprendí a trepar árboles.

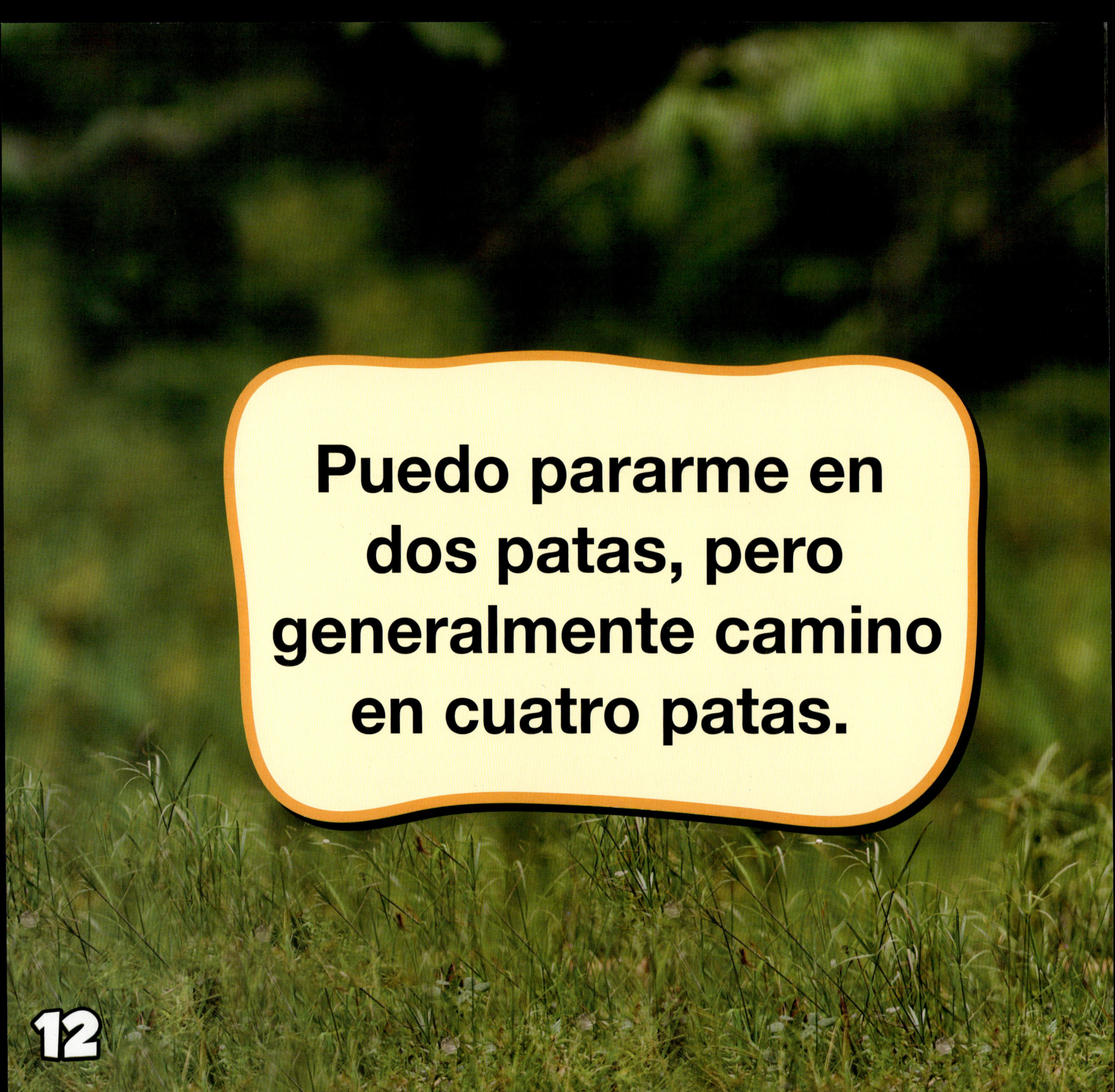
Puedo pararme en dos patas, pero generalmente camino en cuatro patas.

Como principalmente hojas, tallos y brotes de plantas. A veces también como frutas.

Vivo con mi familia. Nuestro grupo se llama tropa.

Hablo con mi tropa
golpeándome el pecho.

Necesito vivir cerca
de las plantas para
estar sano y feliz.

Los gorilas comen más de **100** tipos de plantas **diferentes.**

El gorila **come** alrededor de **siete horas** por día.

Los bebés gorilas toman la **leche de su mamá** hasta los **2 años y medio.**

Los **bebés gorilas** empiezan a caminar a los **ocho meses** de nacer.

Quedan **solo** unos **100.000** gorilas en la **naturaleza.**

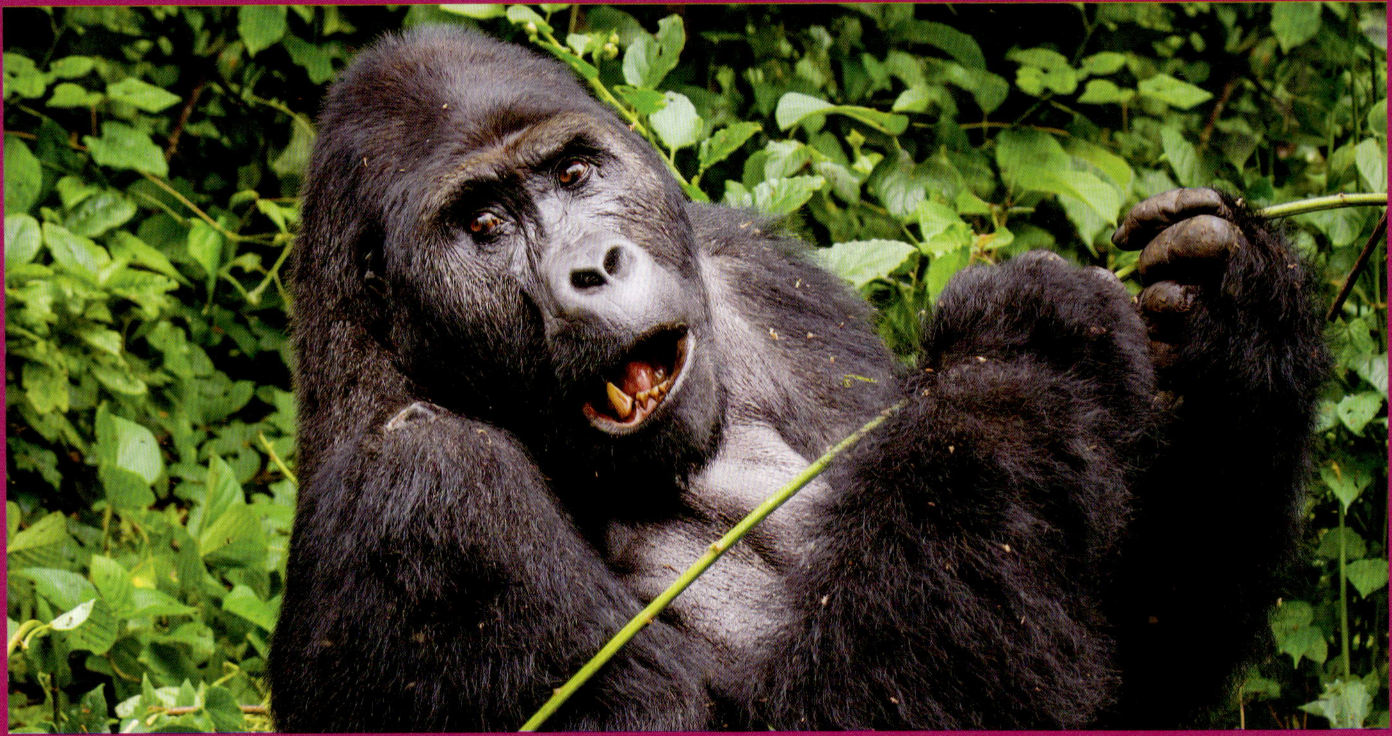

Mira
El contenido de video da vida a cada página.

Navega
Las miniaturas simplifican la navegación.

Lee
Sigue el texto en la pantalla.

Escucha
Escucha cada página leída en voz alta.

Ve a www.eyediscover.com e ingresa el código único de este libro.

CÓDIGO DEL LIBRO

AVQ37234